AF319098

CONFERENCE

DE LA

SAMARITAINE

auec le coq de noſtre Dame.

28

DIALOGVE.

I.

LA SAMARITAINE.
LE COQ.

M. DC. XXIV.

Conference de la Samaritaine auec le coq de noſtre Dame.

La Samaritaine.

C'Eſt vn goguenard qui dit qu'on a mis
les coqs ſur les clochiers, de peur que ſi
on y euſt mis des poules, ponant, les œufs ſe
fuſſent caſſez: i'ayme mieux tirer la raiſon de
l'Egliſe qui chate que le coq eſt *præco diei,* qu'il
eſt *peſtis profunda peruigil,* & encores pource
qu'entre tous les oiſeaux & animaux, à peine
aucun chante il plus haut, comme reſpond vn
Phyſicien à la queſtion pourquoy le coq eſtant
plus petit que l'aſne ſe fait entendre plus loin,
pource, dit il, que le coq pour chanter ſe reſ-
ſerre, & ramaſſe tout en vn, *virtus vnita fortior,*
& l'aſne pour braire enfle & dilate ſes flancs,
diſperſa: Or i'eſpreuue cela, car i'entends bien
le coq de noſtre Dame, & n'entends pas les aſ-
nes qui viennent bien pres de moy, & m'eſtonne que depuis quelque temps ce coq eſt tout
eſtaré & ne faict que cocococoquedaiſſer, ſans
que ie ſçache pourquoy: ſeroit ce point que les
renards, depuis qu'on leur donne la chaſſe, fuſ-

font entrez dans ſon poullalier Seroit ce point
qu'on le vouluſt faire deuenir l'homme Pla-
tonicien? il faut que ie l'entende en ſes plaintes.

Le coq.

Faut-il que ie ſois de pire condition parmy
ceux qui portẽt mon nom que ie n'ay eſté parmy les Romains, comme tu eſcris, *Alexand.ab
Alexand.l.3.ch.21.* où parmy les Grecs, comme
tu ſçais *Ælian.l.2.ch.28.* lors qu'à la veuë de mõ
combat, contre mon ſemblable, Themiſtocle
encouragea toute ſon armée. Faut-il qu'auiourd'huy ie ſois reduit à viure entre des poules, comme iadis Hercule entre des femmes, &
Achille parmy les filles de Licomedes: où faut-
il qu'on me ſoubſmette dans vn tableau ſubiet
à la meſure d'vn hibou?

La Samaritaine.

O coq tu regrette l'eſtat, où la corruption du
temps te reduiſt a eſtre en compagnie qui ne
te plaiſt, & toutesfois long temps y a que le
iacquemar de S. Paul deſcouure des choüettes,
des irondelles, & des culs blancs qui font tant
d'ordures à l'entour de toy, & tu ne t'en plai-
gnois, on s'eſtonne que ces animaux ſe nichent
deſſus, dedans, & à l'entour de ce beau poullalier, ſans que tu y donne remede?

C'eſt la faute de l'ouurier qui m'a baſty de
ne m'auoir pas faiςt de ces beaux rets de Salomon, *reaticula area*, & qu'il ne les a dreſſez, cṍme s'imagine Eupolemus chez Euſebe, que ce
bon Roy auoit faiςt ceux de ſon temple, tout
ainſi que ſeroit vn grand drap de reſeuil eſten-
du comme le ciel d'vn liςt qui auoit tout à ſon
tour des pantes d'où dépendoient ſoixãte ſon-
nettes: Car par le trelintiutin de ceſte machine,
tous les oyſeaux qui ſe penſoient percher ſur
ce temple, eſtoient chaſſez: Or faute de ce, ie
ſuis expoſe à endurer ceux que tu dis, neantmoins ce n'eſt pas ſans ſentir l'incommodité,
& ſans faire ce que ie puis pour les chaſſer: car
pour les choüettes, vn temps eſtoit que les pa-
ges de l'Eueſché tiroient deſſus, mais pource
que c'eſtoit aux deſpés de mes vitres & ardoi-
ſes, i'ay obtenu du maiſtre qu'ils ceſſeroient,
& au lieu de ce, i'en fais denicher, ayant affrian-
dé de bons goinfres à en faire des paſtez, cṍme
de pigeonneaux car ils paſſent pour cela entre
les chantres. Quant aux irondelles, i'ay appris
de Pythagore, *irundinem ſub eod. t: Eto ne habeas*,
auſſi en faiſois ie iadis caſſer les œufs aux nids.
C'eſt le peu de ſoin de mes fabriciens qui n'y
prennent plut garde. Et pour ces petits oyſeaux
au cul blanc, qui de leur fiente gaſtent mes por-
taux, les enfans y font la guerre à coups de pier-

re, en telle forte que pour tuer vn oyfelet ils
abbatent vne de mes images, ou en estropient
vne douzaine, mais il faut que i'endure d'vn
costé & d'autre.

La Samaritaine.

Ie croy bien que-tu voudrois estre deliuré de
ceux-là, mais pourquoy en souffres-tu tant
d'autres, car pour ne dire mot des faysants, dôt
possible y en a il peu dans ton poullalier, on
void dedans ta cour des meres oyes se pourme-
ner, des poulles frisees y pondre, on apperçoit
souuent des cailles s'y poudriller, & y manger
de bon grain de froment ? Et pour toutes ces
sortes d'animaux, tu n'as tant tremoussé que tu
fais auiourd'huy.

Le coq.

Samaritaine, *non sic fuit à principio*, quand les
Papes m'escriuoient pour souffrir que leurs
nepueux, qu'ils enuoyoient estudier en Theo-
logie à Paris, logeassent dedans ma Cour, i'en
garde leurs lettres: Auiourd'huy la liberté est
trop grande: neantmoins pour te respondre à
ce que tu dis des oyes grasses, ie n'en ay qu'vne
rouge en vn coin de ma Cour, & t'asseure que
monnoye ne trotte gueres vers la montee des
chantres, il y a plus de cinquante ans que celle
là couue, & croy qu'on luy a tousiours donné

des œufs supposez d'aigle, car elle n'expose iamais ces petits au Soleil : Quant à ces poules
frisees il est vray qu'elles se sont fourree soubs
de mes muës, en suitte des autres qu'on appelle
nos sœurs, *ανελουκπυς*, à qui vne volee d'vn Ca-
nõ du Concile de Nicee a faict vn nid dãs ma
Cour, & elles y ont appellé les autres au moyen
du Prouerbe, *aues concolores simul volant.* Mais le
petit Iau de S. Landry appelle ces poulettes,
& desire qu'elles se rangent soubs ses muës &
se veut plaindre qu'on pretend les empescher
d'aller chez luy par les portes de derriere, mais
ie sçay le conseil du Poëte, *postico falle clientem.*
Pour les cailles i'ay ouy dire qu'il y a vn Euef-
que aupres de Naples qui a vn droict deles
prendre au passage, & qu'il en tire vn grand
denier, Ie le prieray de n'en plus laisser passer,
& en cas qu'il en eschappe quelqu'vne, il y a
tant d'appeaux à l'étour de ma terre, que ceux
de dehors les attraperont.

La Samaritaine.

Dis moy dequoyte plains tu doncques ? Ie
sçay bien que le coq qui, à la iouxte, est vaincu,
baissant l'aisle se retire si on croit Plutarque,
εττηξ αλεκτωρ ως, κλιας απτερον : & que vain-
queur il chante son triomphe : d'où vient cet
estrange mouuement en toy Et que ie t'ay veu
depuis quelques iours assembler si souuent ton
troupeau, *inflatam cohortem*, dis moy franche-
ment tes doleances.

Le coq.

Il y a plus de huict cens ans que ie conseruois
vne petite place aupres de mon poullalier, &
qu'autresfois iay arraché des mains d'vn Côte
de Paris quis'en estoit saisi, & la gardois pour
subuenir au cas fortuit qui ne pouuoient sur-
uenir : depuis quelque temps vne trouppe
de poulles de Barbarie a volé sur ce petit fond,
& malgré moy si sont guefchees, m'en font
perdre la proprieté, & le fond sans qu'elles
veulét qu'il reste quelque marques, que ce lieu
ait esté de mes appartenances, c'est pourquoy
ie me bas à la perche.

La Samaritaine.

Est-ce du faict des Isles que tu entends parler
n'est-tu pas content depuis si long temps que
cette affaire traine, ie n'en ay iamais bien sceu
le cómencement ny la suitte : ie te prie raconte
moy les particularitez mais au vray.

Le coq.

Il y a plus de 18. ans qu'vn quidam portant
vn porreau sur le nez, sans estre Ciceron pour-
tant, s'addressa aux premiers de ma bande,
offrant de descouurir vn secret, ou vn party
qui pourroit bié valoir vingt deux mille liures
de rente à l'Eglise par des propositions qu'il

mettroit

mettroit en auant sur le faict de ces Isles, pour-
ueu qu'on l'asseurast de quatre mille liures de
rente pour son droict d'aduis qu'il demandoit
estre pris sur ce qui viendroit des moyens qu'il
feroit reüssir, lors, soit que ceux qui auoient des
maisons du costé de l'Isle craignissent d'auoir
des lunettes auant que d'auoir la veuë basse,
soit que plusieurs apprehendassent vn de-
luge sur le cloistre apres ceux de Noé, d'O-
gyges, & de Deucalion, soit que tous iu-
geassent ces propositions chimeriques, on ren-
uoya honteusement cet homme, le menaçant
du chapitre & du foüet, encores qu'il voulust
faire vne demonstration de ses desseins, & qu'il
predisist aussi bien le futur que Cassandre, *non
vnquam credita Teucris*. Ce partisan indigné de
de ce traictement indigne (Dieu pardonne aux
morts qui en furét les autheurs) protesta apres
les Apostres repoussez par les Iuifs, *quoniam re-
pulistis verbum salutis ecce conuertimur ad gentes*,
s'en va à Fontainebleau, descouure à des allans
de la Cour le dessein, mais voilé du manteau
de l'embellissement de la ville, & de specieuses
raisons qu'il fit sonner si haut que le bruit en
vint à nous par le commandemét du feu Roy,
alors mes gens se remuerent tant au Conseil
qu'ailleurs pour empescher l'étreprise, les vns
firent imprimer les causes des oppositions que
l'Eglise formoit, les autres prirent la peine de
sonder la riuiere depuis Conflans iusques au

Pontneuf, où ils trouuerent que l'eau auoit si
peu de pente à val , que lors que par les quais
qu'on parloit de faire , elle seroit resserree, ce
qu'on luy ostoit d'estenduë en largeur, (lors
que croissant elle couuroit l'Isle) elle le prendroit en hauteur, & que par ce moyen elle s'es-
leueroit iusques au niueau du grand Autel de
l'Eglise en ses grâdes creuës, & que d'ordinaire
l'Hyuer elle viendroit flotter iusques au pied
de l'Eglise ; car encores qu'auiourd'huy l'eau
couure la superficie de l'Isle de plusieurs pieds,
ce qu'elle ne pourra plus estant rembarree par
les quais qui reuestiront l'Isle, si est ce que les
chantres souuent ont besoin de planches pour
passer l'eau qui est dans le chemin de l'Eglise,
que sera ce doncques lors ? Tu auras beau dire
maupiteux.

Nos robbes crottees descrottees furent
Et nos faces trop mieux en durent.

Deslors on recogneust fort bien ceste esleua-
tion d'eau, & pour en garantir l'Isle on a faict le
dessein d'esleuer la superficie du paué & des
ruës de l'Isle quasi au niueau des salles hautes
des logis qui confinent la riuiere, au moins les-
dicts quais du costé de l'Isle doiuent estre plus
hauts que ceux du cloistre de six ou huit pieds,
afin que si les eaux s'enflent enfermees dans
l'estroite espace du canal qu'on laissera , elle

foit contrainte de fluer fur le cloiftre, comme
le lieu plus bas non deffendu de quais : fur ces
confiderations on iugeroit que l'Eglife de no-
ftre Dame deuiendroit comme fainct Denys
de la Chartre.

En ce temps là plufieurs rabroüoiët ces rai-
fons, pour ce que l'eau, ayant toute la defcente
libre fans obftacle, qui la fift rebrouffer, s'ef-
couleroit facilement : Le peril fera dorefnauât
bien plus grand, apres la conftruction de ce
grand pont Royal, qui doit eftre erigé double
au lieu des ponts Marchand, & au change, car
l'efpace interiacent entre les quais du Palais
d'vn cofté, & du grâd Chaftelet de l'autre, qui
eft le paffage de l'eau defcendante d'enhaut, &
de l'Ifle eftant reftraiffi en fon vuide par la ma-
fiueté des groffes pilles qu'il faut faire, & qui
rempliront enuiron le quart de ce qui feruoit
de lict à la riuiere, par neceffité, l'eau trouuant
fes piliers comme barrieres rompantes, partie
de fon cours, fe gonflera au deffus, Si le deffein
eftoit de faire ce pont comme le *ponte realto* de
Venife, ou comme celuy Cambelu, ou comme
ceux de Quinçay, où il y en a douze cens, il eft
plus aife de croire ce nombre des tables d'Or-
telius que les douze mille des tables de Met-
cator, dont plufieurs font fi grands, que les Na-
uires paffent deffous les mas efleuez, & les voi-
les defployez : Si dif-ie le Pont futur eftoit tel,
le danger feroit moins à craindre, mais nous

n'auons ny les materiaux, ny les ouuriers pour
ce faire, & le deſſein de baſtir ſur ce Pont obli-
ge d'en faire les fondements gros & puiſſants,
quoy qu'ils arreſtent, ou retardent le courant
de l'eau : Or ces raiſons, ſoit qu'elles ſoyent
vrayes, ou vray-ſemblables, elles ont retenu
pluſieurs de croire qu'on peut, ſans ruiner l'E-
gliſe, & le cloiſtre conſentir qu'on baſtiſt dans
l'Iſle; mais nonobſtant toutes ces conſideratiós
il fut reſolu qu'on baſtiroit: & l'annee 16.6. le
Roy fit vn contract auec des partiſans, ſans le
conſentement de l'Egliſe: mais en ſuitte d'vn
Arreſt du Conſeil, qui donnoit douze cés liures
de rente à l'Egliſe, pour la proprieté de l'Iſle,
auec la reſerue de la directe, apres ſoixáte ans:
& en attendant, à chacune vente des maiſons,
vn eſcu pour enſaiſinement, & quelque petit
droict pour le cens; En ce temps là l'Egliſe ſe
pouruent au Parlement, pour conſeruer ſon
droit, par belles requeſtes, elle y fit appeller les
partiſans, elle s'oppoſa qu'on ne baſtiſt : mais
tout cela ne ſeruiſt de rié, elle ſe plaignit qu'en
apparence on luy donnoit quelque choſe, mais
qu'en verité elle n'auroit rien, que les paroles,
& l'encre de ces papiers: pource que le fond,
ſur lequel on aſſignoit ces douze cens liures,
eſtoit deſia chargé de ſix mil liures de rente,
plus qu'il n'en pouuoit porter, ce qu'on iuſti-
fia lors, & qu'au moins luy deuoit-on aſſeurer
ſur ſon fond ce qui luy eſtoit accordé: Ce de-
bat a duré ſept ans, ou enuiron, que ces pre-

miers partifans n'ont peu fatisfaire aux claufes d. leur contract, ce qui occafionne qu'on en veut fubroger d'autres, qui demandent pour leurs feuretez, le confentement du Chapitre, pour l'alienation de la proprieté, & que le Chapitre acquiefce à l'Arreft, & agree le contract fait entre le Roy & ces nouueaux partifans. Sur ces entrefaites on s'aduife, apres auoir ofté la proprieté à l'Eglife, qu'il en faut faire autant de la directe cenfiue & iuftice, & le tout, foit que l'Eglife confente, ou non; Car on dit que fi elle ne confent, elle n'aura rien du tout: Plufieurs voyages ont efté faits à S. Germain par les Deputez de l'Eglife, plufieurs fois ils ont efté ouys au Confei, auec ces termes, que bon gré mal-gré, il falloit qu'on fe refoluft de traitter auec le Roy par efchange de l'Ifle: car fi bien l'alienation n'eftoit permife aux gens d'Eglife, au moins les efchanges eftoient licites par les fainéts Canons, & qu'on donneroit le double de recompenfe à l'Eglife, auec mille belles promeffes, & le tout afin qu'on lafche le mot pour affeurer les partifans, & apres laiffer courir l'Eglife apres fon efteuf, & dépendre des Commiffaires qui en feront à leur volonté. L'Eglife s'attendoit qu'on luy propoferoit ce qu'on vouloit offrir pour contr'efchange: Car de parler d'vn efchange en l'air, fans voir, fans cognoiftre, inutilement perdoit on le temps de s'affembler: auffi vouloit on fçauoir fur quel pied

on mettoit la valeur de l'Ifle, qu'on pretend
prendre de l'Egife.

Car d'en eftimer la valeur fur le reuenu
qu'on en receuoit cy-deuant, il n'eft raifon-
nable, les Auguftins ont efté contrains de dô-
ner pour baftir en la ruë Chreftienne vne
partie de leur court, dôt ils ne retiroient rien,
& neantmoins on les en a laiffé tirer le plus
qu'ils ont peu. I'en dirois de mefme des iar-
dins de l'Hoftel de fainct Denis, dont l'Ab-
baye n'a efté priuee des droicts, quoy qu'on
en fift des baftiments, on fçait affez ce qui eft
de fainct Geruais, de faincte Catherine de la
Coufture, & de Saincte Opportune : dont
les heritages pris & appliquez pour faire des
baftimens, & pour croiftre & embellir la ville ne leurs ont efté enuiez ; qu'on ne leur ayt
conferué auec bonne rente la cenfiue ou ils
l'auoyent. que diray-ie des Seigneurs de
ces marais du Temple, de la place Royale? auiourd'huy fainct Honoré à vn petit
Chantier deuant l'Academie de Monfieur
Benjamin, dont il ne tire que cent liures de
rente, maintenant on leur offre deux mille
liures de rente, donnant la proprieté pour y
baftir & la directe leur demeurant, & de faict
en confcience, peut-on contraindre vn homme de quitter à bon marché fon bien, pource
qu'on eft affeuré qu'on y gaignera tout à
l'heure cinquante fois plus qu'on en donne.
Achab voulut auoir la vigne de Nabot par

force, & en offroit bonne recompense, *dabo tibi pro ea vineam meliorem aut si commodius tibi putas argenti pretium quantum digna est*: à son refus la Royne le faict tuer, le Roy prend ceste vigne, mais le Prophete Elie bien tost apres luy reproche *occidisti, insuper & possedisti.* Nabot eust en subject de se plaindre si sa vigne valant cinquante escus, on ne luy en eust offert qu'vn, mais on ne vouloit gaigner sur luy. si vn maistre vouloit acheter vn diamant de son seruiteur, qui l'auroit de la succession de sa mere, le maistre sçachant qu'il en retireroit bien cent escus, & n'en voudroit bailler qu'vn escu à sondit seruiteur disant: qu'aussi bien ne tire-il rien de la garde de ce diamant, ou pource qu'il n'en sçait la valeur, ou pource qu'il n'a l'industrie de le faire valoir, ce maistre ne pecheroit-il point? aucun casuiste en mon aduis ne sera de ceste opinion: Or est il que ceux qui veulent auoir ceste Isle l'estiment en deux façons, sçauoir est, traittãt auec l'Eglise, de qui ils la veulent acquerir d'vn costé: & traittant auec les partisans, à qui ils la veulent donner en payement des ouurages publiques qui doiuent estre faictes d'autre costé: contractant auec l'Eglise, on veut faire vn côtract simple, *do vt des*, les traittãt auec les partisans, on veut faire vn côtract mixte, *do vt des vt facias simul*: contractant auec l'Eglise ils, estiment l'Isle vnze ou douze mille escus seulement: contractãt

auec les Partifans, ils leurs font valoir trois
cents dix mille efcus pour la feule proprieté,
referuant la cenfiue & Iuftice, laquelle cenfiue apportera vingt mille liures de rente, fe-
lon l'eftimation qu'on en faict, & laquelle
cenfiue & iuftice, fi on la vouloit vendre.
Confideré que c'eft vn fond où il n'efchet iamais de reparations, & qui eft dans Paris, on
ne le peut eftimer moins qu'au denier cinquante, qui monteroit à plus de trois autres
cent mille efcus.

La premiere partie, fçauoir qu'on faict valoir l'Ifle trois cents dix mille efcus aux Partifans eft euidente : car ils s'obligent à reueftir
toute l'Ifle à l'entour de Quais le Tarain de
Noftre-Dame, & à faire deux Ponts de pier-
res, & par la fupputation du nombre de toi-
fes en la façon qu'il faut faire fes ouurages,
cela monte trois cents mille efcus, que les
entrepreneurs auancent, & de grace de quel-
le monnoye les paye-on? où prend-on l'argét
pour les fatisfaire ? Croiroit-on bien que fes
pattifans fiffent cette dépenfe fur leurs bour-
ces, ou de leurs deniers, & à leur pure perte:
ils font trop fages pour aduifer à leurs affaires, & trop bons mefnagers pour ne faire vn
fi fol marché, s'ils ne fçauoient fur quoy
eftre rembourfez : ils veulent eftre nantis, &
tenir vn fond *fatius eft incumbere rei* : mais en
bonne foy, quel fond demandent-ils ? on ne
leur dône que l'Ifle en l'eftat qu'elle eft : mais

encores

leur dõne que l'Isle en l'estat qu'elle est : mais
encores, pource que l'Isle, telle qu'elle est,
& en cet estat, vaut mieux que les ouurages, qu'ils s'obligent de faire : on retire des
Entrepreneurs dix mil escus; c'est dequoy on
veut contenter l'Eglise, & à ce conte qu'on
iuge s'il n'est pas vray qu'on paye ces ouurages publics du fond de l'Eglise, & qu'on en
tire outreplus vn grand reuenu. N'est-ce pas
vne honte que pour vne poignée de terre,
sainct Honoré tire deux mil liures de rente,
& se reserue la censiue : & que nostre Dame
pour vn fond plus de vingt fois plus grand
que celuy de sainct Honoré, n'en ait que
deux mil liures, sans censiue ?

Quand on a veu que la volonté du Roy
absoluë, estoit que l'Isle fust bastie, & que la
proprieté sortist de l'Egl se, on s'y est resolu :
De plus, on a offert de faire toutes les choses
à quoy les Entrepreneurs s'obligeoient : l'E-
glise s'est soubsmise de faire faire les Ponts,
les Quais, les maisons, selon le plan qu'il
plairoit à sa Majesté d'en donner, le Chapitre a voulu presenter des cautions bourgeoi-
ses, pour seureté de ses offres, on ne la veut
entendre en aucune façon en ces remon-
strances, que pour le rehaussement & le ren-
forcement qu'il conuiendra faire aux Quais
du Cloistre, il coustera beaucoup plus que
ne vaut le fond de ce qu'on veut assigner à
l'Eglise : on allegue que le Roy veut que cet-

te place porte son nom? & quoy, pour eftre
baftie de l'argent des Entrepreneurs, le por-
tera-elle à meilleur tiltre que fi elle eftoit faite
de l'argent de l'Eglife? l'Eglife offre de la faire
nômer côme il plaira au Roy, encores fi c'e-
ftoit pour accroiftre quelque maifô où place
Royale qui feruift au Roy, comme ce qu'on
dit auoir efté defiré du clos des Chartreux,
mais auec vne recompence fi ample & Royale, il n'y auroit que dire; mais c'eft pour y
baftir des maifons de particulier, defquelles
il prouiendra vn grand profit, & il eft feule-
ment queftion maintenant de fçauoir fi ce
profit reuiendra à l'Eglife, ou fi on luy fera
perdre, luy oftant la directe cenfiue & Iuftice
dont elle eft en poffeffion dés auffi long-téps
que l'Eglife a efté baftie : voila, Samaritaine,
ce qui eft de l'affaire.

La Samaritaine.

Par là il faut cognoiftre que *Filÿ huius fæ-
culi prudentiores funt filÿs lucis*: mais eft-il pof-
fible qu'on ne fçache point le vray fubjet
pourquoy on s'eft fi fort aheurré à auoir & la
proprieté, & la directe de l'Ifle ? Eu Italie
fouuent on y fait des affaires fans en rendre
la raifon, *fenza penetrar fene la caufa*; eft-ce icy
de mefme?

Le Coq.

Ie ne fçay qu'en penfer: car ie ne crois pas

les diuers iugemens de ceux qui disent qu'on
a dessein de remettre toutes les Iustices &
censiues des bonnes villes entre les mains du
Roy, & que commençant par l'Eglise de Paris, cela fera la planche à toutes les autres:
Des mal-aduisez ont semé le bruit que ie
voulois oster Maistre Pierre du Coignet,
pour mettre en sa place celuy qu'on dit estre
cause de ce mal-heur, c'est à quoy iamais on
n'a pensé: aussi n'y a-il subjet, car il est in-
nocent du blasme qu'on luy a voulu impu-
ter, qu'il auoit dessein pour luy, ou pour des
siens, cela est bien faux, ie croirois plustost
qu'on veut estre bon mesnager pour le Roy,
& luy espargner beaucoup d'argent, qu'on
craint qu'il faudroit tirer de sa bource, pour
faire les ouurages publics: personne ne peut
trouuer cela mauuais, mais aussi faut-il garder la Iustice.

La Samaritaine.

Le Roy est iuste à tous ses subjets, mais
principalement pour les Eglises.

Le Coq.

Personne ne doute de cela, & si sa Majesté
nous auoit ouys, nous serions contens, mais
elle nous renuoye à ceux qui sont nos par-
ties, s'il faut ainsi parler, nous ne desirons

rien tant qu'eftre renuoyez à ce facré Senat, deuant ces Iuges ftables de l'areopage incorruptible : que le Roy nous faffe cette faueur de nous y enuoyer.

La Samaritaine.

Le Confeil a accouftumé de cognoiftre des affaires du Roy : & ne t'attends pas d'obtenir cela, mais aduife fi ie te puis feruir.

Le Coq.

Ouy, fi tu veux parler pour moy, & dire au Roy ce que ton maiftre & le mien te dit au bord du puids, *fi fcires donum Dei* : s'il luy plaifoit efcouter l'affection de cette Eglife a fon feruice, qui a faict durant fon abfence tant d'Oraifons de quarante heures, tant de Proceffions les feftes & Dimanches, chantant les Litanies, tant *d'Exaudiat* à toutes fes Meffes, & qui a augmenté fes prieres fans fondation, ou le *Domine faluum me fac Regem* ne manque iamais : & quoy ? fouffrira-il qu'on ofte du bien à ceux là qui prient pour luy. Dis-luy que tant de Chappellains qui font en cette Eglife font venus de la couftume ancienne, qu'auffitoft qu'vn Roy eftoit facré, il fondoit deux Chappellains, qui prioient fans ceffe pour le Roy, & qu'on appelloit *Oratores B. Mariæ pro Rege*, & n'y a pas long-temps que cette obferuance a ceffé.

Dis-luy que de cette Eglise est sorty vn
Pape, qu'en cette Eglise vn fils de France a
daigné estre Archidiacre, & tant de Bourbós
en ont esté Chanoines , & que les Roys ses
predecesseurs ont fait gloire d'en estre les Pro-
tecteurs , comme de leur Parroisse , ayant l'E-
uesque pour leur Curé ; prie le d'enuoyer
ceux qui font ses affaires à l'escole de Ioseph,
intendant de Pharaon , qui durant la necessité
publique d'vne famine, qui par son bó mesna-
acquit au Roy toutes les terres des subjets,
*præter terram sacerdotû quæ à Rege tradita fuerat
eis Gen.* 47. Fais-le souuenir de concilier ses
deux passages au liure 3. des Roys, ch. 5. *Elegit
Rex Salomon operarios de omni Israel & erat indi-
ctio triginta millia virorum:* Salomon faisoit tra-
uailler trente mille ouuriers d'Israël par iour
au bastiment qu'il faisoit , & neantmoins au
liu. 3. des Roys, ch. 9. *de filys Israel non consti-
tuit Salomon seruire quemquam:* C'est qu'au premier passage, il est parlé du Temple, où les
biens & les personnes de tous les Israëlites
& Prestres deuoient seruir : mais au second, il
est parlé du Palais du Roy , où ny les personnes , ny les moyens d'Israël, ny les Prestres, ne
s'employoient.

La Samaritaine.

Ie luy diray, seulement pour l'aduertir, car
ie sçay bien qu'il n'entend pas prendre le bien

d'Eglise, & qu'il ne permettra qu'on te dé-
poüille.

Le Coq.

Ie le sçay bien, & s'il auoit enuie de porter des plumes à son chappeau, il ne prendroit
pas les miennes, celles de l'Aigle luy sont bien
plus propres dont les Austruches sont parées,
les ayant tirées de ses predecesseurs, dis luy
doncques qu'il deffende à ceux qui manient
ses plumes qu'ils ne tirent pas les miennes, &
apres regarde à qui tu pourras recommander
mon bon droict.

La Samaritaine.

Voy-tu cét homme qui est aupres demoy,
il m'a autres fois tesmoigné beaucoup d'ami-
tié, & maintenant il est puissant, penses-tu
qu'il te puisse seruir ?

Le Coq.

Ie me trôpe si ce n'est ce fidel Garde-sceaux
qui n'a iamais puisé en eau trouble, c'est vn
homme de bien, & qui volontiers fait iustice
& plaisir à l'Eglise, aussi *Hilarem datorem diligit
Deus* : Il a tousiours receu fauorablement mes
requestes, & s'est employé alaigrement pour
l'Eglise.

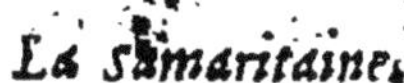

Tu l'as bien cogneu, c'eſt le Lieutenant de ce
lion, de qui il eſt dit : *vicit Leo & aperire librum*
& ſoluere ſignacula, qu'il a merité d'euurir le
liure, & de deſlier les ſceaux : mais remarque
qu'aux mots ſuiuans, il s'appelle Aigneau, *&*
vidi, &c. agnum ſtantem. Voy le 5. ch. de l'A-
poc. verſ. 5. & 6. c'eſt vn myſtere.

Le Coq.

Ie ne veux penetrer qu'en ma cauſe, & de-
ſire que tu le ſollicite pour moy : car depuis
quelque tempson l'a deſtourné de l'affection
qu'il me portoit: Ie crains que ce ſoit quelque
Miniſtre de l'Eſtat, tu peux bien ſoupçonner
qui il eſt: Dis luy, du bien de l'Egliſe, ce que
tu entendisau Dialogue que tu fis auec celuy
qui eſt alteré du ſalut des hommes, *omnis qui*
bibit ex aqua hac ſitiet iterum.

La Samaritaine.

Ie t'entends à demy mot, mais c'eſt vn homme qui n'eſcoute gueres le monde, & ſi on dit
qu'il tariſt tous les ruiſſeaux dont ſon maiſtre
arrouſoit pluſieurs belles fleurs qui eſtoient
autour de ces lys, on ne ſçait que deuiennent
toutes ces eaux, & s'il ne fait point vn goulphe

à la Bastille qui les engloutisse toutes, & que là, il y face baigner le maistre, le rendant vn Tantale.

Le Coq.

Ie te prie, dis luy ce qu'on estime du malheur qu'vn Intendant attira sur sa teste, & sur la personne d'vn de mes Roys : Samblanceay conseilla à François premier de prendre le bien de S. Martin de Tours, & defaict, il emmena plusieurs charrettes chargées de cét argent, qu'on dit auoir esté de quatre cens mil escus, quelque temps apres cét Intendant, comme on l'executoit en Iustice, declara qu'il attribuoit son supplice à cette cause, &c. Et le bon Roy fut pris prisonnier dans vn champ, qui estoit vne prestimonie, membre dépendant de S. Martin de Tours, comme si le sainct eust pris raison de ce qu'on luy auoit osté.

La Samaritaine.

Cela sera dit, serue ce qu'il pourra, mais que ne fais-tu parler au Roy par son Confesseur?

Le Coq.

Il a tesmoigné qu'il ne vouloit entreprendre ma deffence, quoy qu'il ait fait faire des excuses, des plaintes qu'on fit du mespris, & des

propos

propos qu'il dit à sainct Germain aux Deputez de l'Eglise.

La Samaritaine.

C'est vn bon pere, qui est d'vne celebre
compagnie, qui aime fort, & pourchasse le
bien de l'Eglise, & qui fait estat particulier
des congregations de nostre Dame.

Le Coq.

Parauanture s'ils en alloit de la Cour, comme le bruit en a couru qu'il voudroit faire des
amis, *de mammona iniquitatis*, toute-fois ie ne
sçay comment il y est; car dernierement auant
qu'il preschast que la Cour est vne piscine, où
il trouua cinq orticques, & ce qui y trouble
l'eau, on m'a rapporté qu'il dit Adieu *sicus*. Il
est bon d'auoir tout le monde pour amy.

La Samaritaine.

Il y a bien d'autres gens qui parlent de ton
Isle, tout Paris en discourt, & te blasme-on
de t'opposer à l'embellissement de la ville, &
d'empescher que cette Isle, jadis appellée l'Isle
aux vaches, pource qu'elle est au dessus de la
place aux veaux, & que ces deux places abou-
tissent à la boucherie de la porte de Paris, tu
veux (dit-on) empescher qu'on n'y bastisse

vne καινόπολις, puisque nous auons perdu ce Royaume de Naples.

Le Coq.

Ie crains qu'au lieu de καινόπολιν, on y fasse μεγαλόπολις; Paris n'est-il pas assez grand, n'a on pas fait quasi vne nouuelle ville vers les marais du Temple, qu'est-il besoin de croistre la vieille ville du costé de la Greue?

La Samaritaine.

C'est que cette place est grandement commode pour les beaux marchez de la place Maubert, & Cimetiere de sainct Iean, aupres, & entre lesquels elle est scituee : C'est folie de penser plus t'opposer qu'on y bastisse.

Le Coq.

Au moins qu'on me recompense doncques condignement, car de plumer la poulle sans la faire crier, il est mal-aisé, ie feray beau bruit.

La Samaritaine.

Que sçaurois-tu faire, ou dire, qui t'escoutera?

Le coq.

I'employeray les Agents & Sindics, qui as-

sembleront les Prelats pour faire mes remon-
strances, car toutes fois & quantes qu'au Lou-
ure,

Gallorum increpuit pansis exercitus alis.
On ne leur a desnié audiance.

La Samaritaine.

Mais si tu ne peux obtenir cela en ce cas, que
feras-tu ?

Le Coq.

I'enuoyeray mau-piteux vers le coq d'Inde
faire mes plaintes, & publier comme on me
plume de deça, & ie depescheray le jeusneux
au coq de sainct Pierre, ceste-là a interest de
garder le grain des poulles.

La Samaritaine.

Ne sçais-tu pas que cestuy-cy a laisse perdre depuis peu de temps cent mille liures de
reuenu à l'Eglise, par vne secularisation qui
fait assez murmurer du monde, mais c'est
tout bas.

Le Coq.

Et ne sçais-tu pas que celuy qui sans estre
pauure a voulu auoir, non la moitié, mais le
manteau entier de sainct Martin, pour y con-

sentir, par punition possible, est disgracié &
enuoyé à sa residence, voire dit-on qu'il est en
chemin pour venir en France.

La Samaritaine.

Cela ne te guarira de rien, si tu ne sçais faire
autre chose.

Le Coq.

I'ay des Docteurs, ie les feray escrire sur
cette matiere.

La Samaritaine.

On dit que ce sont la plus part *Canes muti
non volentes, non valentes latrare*, & quand tu
les employeras, qu'ils fassent mieux que cy-
deuant: car i'ay veu vn petit *thorus immacula-
tus*, qu'on dit estre assez mal fagotté, & vn
fons aquæ salientis, où il y a quelque chose qui
sent mal, tous deux ont à redire chez les Cri-
ticques.

Le Coq.

Ie chargeray mes registres, & en feray de
bonnes instructions, comme jadis ceux de S.
Martin firent des procez verbaux, quand on
prit leurs treillis d'argen, & afin que la poste-

rité sçache que ie n'ay consenty à perdre le biẽ
de l'Eglise, ie feray cõme jadis firent les Peres
au huictiesme Synode, afin que la condamna-
tion de Photius tinst plus fort, ils la seiguerẽt
auec plumes trempées dans le sang de nostre
Seigneur, qui estoit là dans vn Calice, ὑπεγρα-
φον δὲ τῆ καθαιρέσει οὐ ψιλῷ τῷ μέλανι τὰ χει-
ρόγραφα ποιησάμενοι ἀλλὰ τὸ φρικωδέστατον (   )
ἐν αὐτῷ τῷ σωτῆρος τῷ ἀμαπβάτατοπης τὸν καλαμον.

La Samaritaine.

Ie te deffends d'vser de ce moyen : tu dis vne
chose qui est à admirer, & non pas à imiter,
escris tes mémoires d'autre façon.

Le Coq.

Ie les escriray donc d'encre rouge & de ver-
millon, afin de laisser *rubricatas notas*, & la po-
sterité lise ce que *masuri in rubrica notauit*.

La Samaritaine.

Cette façon d'escrire doit estre reseruée pour
les Empereurs, quand de leur main ils signent
des lettres de consequence, ὑπογράφει διὰ μιλ-
τοβάφεως ἰδίᾳ χειρὶ οὐ ὡς εἴθισται τῆς βασιλήινση
τογράφαι.

Le Coq.
Aime-tu mieux que ie fasse bourdonner tou-

tes mes groſſes Cloches, comme ſi tous mes
Chanoines eſtoient morts, afin que tout le
monde ſçache ma douleur.

La Samaritaine.

Ie ſçay bien qu'il y a vne Cloche miracu-
leuſe, & qui ſonne toute ſeule, mais ce n'eſt
pas en France, le meilleur eſt que tu prie Dieu
pour le Roy, & pour ſon Conſeil, & que tu
obeïſſe à ce que la Majeſté deſirera, apres auoir
oüy toutes tes raiſons, & eſpere qu'on ne te fera rien perdre dans ton threſor, tandis que la
porte ſera ferrée.
Cardinibus iam mixta tribus fenſim ſim adiclis.